Exerçons-nous

Phonétique

350 exercices

CORRIGÉS

Dominique ABRY
Maître de Conférence
à l'Université Stendhal - Grenoble

Marie-Laure CHALARON
Assistante
à l'Université Stendhal - Grenoble

Centre Universitaire d'Études Françaises

HACHETTE F.L.E.
58, rue Jean-Bleuzen
92170 VANVES

SOMMAIRE DÉTAILLÉ
DU LIVRE DE L'ÉLÈVE

ISBN 2-01-155011-4
ISSN : 114 2.768 X
© HACHETTE Livre, 1994.
43, quai de Grenelle, 75905 Paris Cedex 15

Chapitres		Identité	Couleurs sonores	Sensibilisation Discrimination	Mots-outils Mots utiles	Entraînement articulatoire	Intonation et articulation	Jeux poétiques et phonétiques	Code phono-graphique
3ᵉ PARTIE : LIAISONS ET ENCHAÎNEMENTS (PAGE 102)									
9	Liaisons et enchaînements	–	–	104	–	106	–	113	
10	« e » instable ou caduc	–	–	114	–	115	116	121	–
4ᵉ PARTIE : CONSONNES (SYSTÈME CONSONANTIQUE, PAGE 124)									
11	[p] - [b]	126	126	126	127	127	130	131	132
12	[t] - [d]	133	133	133	134	134	138	139	140
13	[k] - [g]	141	141	141	142	143	146	147	149
14	[m] - [n] - [ɲ]	150	150	150	151	151	152	153	154
15	[f] - [v]	155	155	155	156	156	160	161	161
16	[b] - [v]	–	162	162	–	163	164	166	–
17	[s] - [z]	167	167	167	169	169	174	176	175
18	[ʃ] - [ʒ]	177	177	177	178	179	181	183	182
19	[ʃ] - [s] - [z] - [ʒ]	–	–	184	–	–	–	–	–
	I. [ʃ] - [s]	–	–	–	–	185	–	–	–
	II. [z] - [ʒ]	–	–	–	–	187	–	–	–
	III. Reprise	–	–	–	–	189	189	190	–
20	[l] - [ʀ]	191	191	192	–	–	–	–	–
	I. [l]	–	–	–	193	193	195	196	–
	II. [ʀ]	–	–	197	197	197	200	202	–
	III. Reprise	–	–	–	–	203	205	206	207

SOMMAIRE DES CORRIGÉS

1re PARTIE : RYTHME, INTONATION ET ACCENTUATION

Page 8

Exercice 1.

2 syllabes	3 syllabes
Merci.	S'il vous plaît.
C'est moi.	C'est très simple.
Entrez.	Désolé.
Ça marche.	Attention.
Ça va.	Volontiers.

4 syllabes	5 syllabes
Pourquoi pas moi ?	Il ne dort pas bien.
Je suis déçue.	Ils sont malheureux.
Réfléchissons.	C'était nécessaire.
Le film commence.	J'aime le café fort.
Excusez-moi.	On t'accompagnera.

Page 9

Exercice 2.

– Jɇ te téléphone.	4	– Je te téléphone.	5
– Je crois quɇ oui.	3	– Je crois que oui.	4
– Qu'est-cɇ qui sɇ passe ?	3	– Qu'est-cɇ qui se passe ?	4
– Je mɇ souviens bien de lui.	5	– Je me souviens bien de lui.	7
– Cɇ n'est pas cher.	3	– Ce n'est pas cher.	4
– Jɇ t'en prie.	2	– Je t'en prie.	3
– Jɇ sais cɇ que jɇ dis.	4	– Je sais ce que je dis.	6
– Tu lɇ feras quand ?	3	– Tu le feras quand ?	5
– Vous lɇ savez bien.	4	– Vous le savez bien.	5

Page 9

Exercice 3.

1. C'est urgent, allons-y.

2. Quelle heure est-il ? Tu dors encore ?

3. L'homme est assis, la femme aussi.

4. Elle est peut-être ici, elle est peut-être ailleurs.

5. Il est arrivé avec une amie pour un jour ou deux.

6. On part en avance.

Page 10
Exercice 5.

– Ils sont partis en voiture ?	☐	– Ils sont partis en voiture. ☒
– Elle est fâchée ?	☒	– Elle est fâchée. ☐
– Il habite loin d'ici ?	☒	– Il habite loin d'ici. ☐
– Les enfants sont rentrés ?	☐	– Les enfants sont rentrés. ☒
– On s'en va ?	☒	– On s'en va. ☐
– Il n'est pas là ?	☒	– Il n'est pas là. ☐
– Ce n'est pas interdit ?	☐	– Ce n'est pas interdit. ☒

Page 15
Exercice 16.

Dis-moi, / comment tout a commencé ?

Je ne sais pas, / je ne sais plus, / il y a si longtemps, / je n'ai plus souvenir du temps maintenant, / c'est la vie que je mène. / Je suis né au Portugal, / à Ericeira, / c'était en ce temps-là / un petit village de pêcheurs / pas loin de Lisbonne, / tout blanc au-dessus de la mer. / Ensuite / mon père a dû partir pour des raisons politiques, / et avec ma mère et ma tante on s'est installés en France, / et je n'ai jamais revu mon grand-père. / C'était juste / après la guerre, // je crois qu'il est mort à cette époque-là. / Mais je me souviens bien de lui, / c'était un pêcheur, / il me racontait des histoires, / mais maintenant je (ne) parle presque plus le portugais. / Après cela, j'ai travaillé comme apprenti maçon avec mon père, / et puis il est mort, / et ma mère a dû travailler aussi, / et moi je suis entré dans une entreprise, / une affaire de rénovation de vieilles maisons, / ça marchait bien. / En ce temps-là, j'étais comme tout le monde, / j'avais un travail, j'étais marié, / j'avais des amis, / je ne pensais pas au lendemain, / je ne pensais pas à la maladie, ni aux accidents, / je travaillais beaucoup et l'argent était rare, / mais je ne savais pas que j'avais de la chance. / Après ça / je me suis spécialisé dans l'électricité, / c'est moi qui refaisais les circuits électriques, / j'installais les appareils ménagers, / l'éclairage, / je faisais les branchements. / Ça me plaisait bien, / c'était un bon travail. /

J.M.G. LE CLÉZIO, « Ô voleur, voleur, quelle vie est la tienne ? », in *La Ronde et autres faits divers*, Éd. Gallimard.

2e PARTIE : VOYELLES ET SEMI-VOYELLES

CHAPITRE 1 : [i] – [y] – [u]

Page 23

Exercice 1.

Douvres – Bruges – Lille – Tours – Mulhouse – Munich – Zurich – Fribourg – Livourne – Pise – Nice – Nîmes – Toulouse – Lourdes – Tulle – Vichy – Bourges.

Page 23

Exercice 2.

[i]	[y]	[u]
si	(su)	(sous)
(lit)	(lu)	loup
(qui)	cul	(cou)
(fi)	(fut)	fou
vie	(vue)	(vous)
(pi)	pu	(pou)
(bis)	(bu)	bout
mie	(mue)	(mou)

[i]	[y]	[u]
(gite)	jute	(joute)
(pire)	(pur)	pour
bise	(buse)	(bouse)
(mille)	mule	(moule)
kir	(cure)	(cour)
(pile)	(pull)	poule
(bile)	bulle	(boule)

Page 24

Exercice 3.

	Présent		Passé composé	
1.	Tu as une voiture.	☐	Tu as eu une voiture.	☒
2.	Il a une usine.	☐	Il a eu une usine.	☒
3.	Elle a du succès.	☒	Elle a eu du succès.	☐
4.	Le médecin a une urgence.	☐	Le médecin a eu une urgence.	☒
5.	J'ai une illumination.	☒	J'ai eu une illumination.	☐
6.	Tu as une initiative heureuse.	☒	Tu as eu une initiative heureuse.	☐

Page 24

Exercice 4.

si	su	su	si	su
su	su	si	si	su
pi	pu	pu	pu	pi
pu	pi	pu	pi	pu

- **En « -u »**

tête → *têtu*	bosse → *bossu*
barbe → *barbu*	fesse → *fessu*
poil → *poilu*	feuille → *feuillu*

- **En « -ure »**

sculpteur → *sculpture*	relieur → *reliure*
coiffeur → *coiffure*	graveur → *gravure*
couper → *coupure*	déchirer → *déchirure*
piquer → *piqûre*	blesser → *blessure*

- **En « -itude »**

apte → *aptitude*	las → *lassitude*
exact → *exactitude*	similaire → *similitude*
long → *longitude*	solitaire → *solitude*

	[y] - [y]	[u] - [u]
3.	tutu	
4.		toutou
5.		nounou
6.		coucou
7.	Lulu	
8.		boubou

- <u>C'est un début.</u> / C'est un des bouts.
- Étudies-tu ? / <u>Étudies tout !</u>
- <u>Dites-vous « tu » ?</u> / Dites-vous tout ?
- Voilà mon bureau. / <u>Voilà mon bourreau.</u>
- Elle est russe. / <u>Elle est rousse.</u>
- <u>Il habite au-dessus.</u> / Il habite au-dessous.
- <u>Son discours est touffu.</u> / Son discours est tout fou.

- Tu vas où, cet été ?   *Où vas-tu, cet été ?*
- Tu pars où, ce week-end ?   *Où pars-tu, ce week-end ?*
- Tu vis où, en Italie ?   *Où vis-tu, en Italie ?*
- Tu habites où, à Grenoble ?   *Où habites-tu, à Grenoble ?*
- Tu couches où, cette nuit ?   *Où couches-tu, cette nuit ?*

CHAPITRE 2 : [j]

Page 36

Exercice 1.

fusil	☒	fusille	☐
habit	☒	habille	☐
gentil	☐	gentille	☒
il mordit	☒	il mordille	☐
il fendit	☐	il fendille	☒
nous avons	☒	nous avions	☐
vous mangez	☐	vous mangiez	☒
vous criez	☐	vous criiez	☒
Il n'a qu'à aller.	☐	Il n'a qu'à y aller.	☒

Page 39

Exercice 11.

– un réveil agréable   – un accueil aimable

– un sommeil agité   – une treille ensoleillée

– un appareil usagé   – un deuil éprouvant

CHAPITRE 3 : [w] - [ɥ]

Page 41

Exercice 1.

huis	☐	oui	☒
lui	☐	Louis	☒
juin	☒	joint	☐
muette	☒	mouette	☐
il s'enfuit	☐	il s'enfouit	☒
t'as tué	☒	tatoué	☐

Page 44

Exercice 9.

A. [waːʀ]

hacher → *hachoir*
compter → *comptoir*
tirer → *tiroir*
bouillir → *bouilloire*
baigner → *baignoire*

B. [wa] / [waːz]

Nîmes → *Nîmois et Nîmoise*
Chine → *Chinois et Chinoise*
Vienne → *Viennois et Viennoise*
Pékin → *Pékinois et Pékinoise*
Berlin → *Berlinois et Berlinoise*

C. [ɥe]

situation → *situé*
accentuation → *accentué*
distribution → *distribué*
pollution → *pollué*
diminution → *diminué*

D. [ɥi]

séduction → *séduit*
reproduction → *reproduit*
réduction → *réduit*
déduction → *déduit*
introduction → *introduit*

CHAPITRE 4 : /E/ - /Œ/ - /O/

Page 47

Exercice 1.

[e]	[ø]	[o]	[ɛ]	[œ]	[ɔ]
Allier	*Creuse*	*Rhône*	*Seine*	*Eure*	*Garonne*
....	Meuse	Drôme	Isère	Meurthe	Lot
....	....	Hérault	Ardèche	Cher	Somme
....	....	Escault	....	....	....
....	....	Saône	....	....	....

Page 47

Exercice 2.

A.

Présent	Passé composé	Ordre
– Je fais ça.	– J'ai fait ça.	*1 - 2*
– Je souris.	– J'ai souri.	*2 - 1*
– Je traduis.	– J'ai traduit.	*2 - 1*
– Je conclus.	– J'ai conclu.	*1 - 2*
– Je réfléchis.	– J'ai réfléchi.	*2 - 1*

B.

– Il se joint à nous.	☐	– Il s'est joint à nous.	☒
– Il se plaint de tout.	☐	– Il s'est plaint de tout.	☒
– Le nombre se réduit.	☒	– Le nombre s'est réduit.	☐
– Ça se produit souvent.	☒	– Ça s'est produit souvent.	☐
– Tu te trahis.	☐	– Tu t'es trahi(e).	☒

Page 48

Exercice 3.

– Ne le regarde pas.	☒	– Ne les regarde pas.	☐
– Jette-le donc, ce papier.	☐	– Jette-les donc, ces papiers.	☒
– Prêtez-le moi, ce livre.	☒	– Prêtez-les moi, ces livres.	☐
– Tu le veux, ce disque ?	☐	– Tu les veux, ces disques ?	☒
– Vous le trouvez où, ce vin ?	☐	– Vous les trouvez où, ces vins ?	☒
– Je le mets où, ce bouquet ?	☒	– Je les mets où, ces bouquets ?	☐

Page 48

Exercice 4.

1	2	Ordre
– Je veux réfléchir.	– Je vais réfléchir.	*1 - 2*
– Je veux bien.	– Je vais bien.	*2 - 1*
– Je veux le faire.	– Je vais le faire.	*2 - 1*
– Faites deux vœux.	– Faites des vœux.	*1 - 2*
– Je me fais deux œufs.	– Je me fais des œufs.	*2 - 1*
– Ils ont deux enfants.	– Ils ont des enfants.	*1 - 2*

Page 48

Exercice 5.

A. – C'est bien pâteux. ☒ – C'est bien pataud. ☐
– Faites des vœux. ☐ – Faites des veaux. ☒
– Achetez-moi des œufs. ☒ – Achetez-moi des aulx. ☐
– Donnez-m'en un petit peu. ☐ – Donnez-m'en un petit pot. ☒

B. – C'est l'heure. ☒ – C'est l'or. ☐
– Il meurt. ☐ – Il mord. ☒
– Ils veulent. ☐ – Ils volent. ☒
– sans beurre ☒ – sans bord(s) ☐
– Les peurs cachées. ☐ – Les ports cachés. ☒
– le diable au cœur ☒ – le diable au corps ☐

Page 51

Exercice 11.

Présent		Passé composé
– Je réussis.	→	*J'ai réussi.*
– Est-ce que je maigris ?	→	*Est-ce que j'ai maigri ?*
– Qu'est-ce que je dis ?	→	*Qu'est-ce que j'ai dit ?*
– Je le séduis.	→	*Je l'ai séduit.*
– Ça se construit.	→	*Ça s'est construit.*
– Le temps se radoucit.	→	*Le temps s'est radouci.*
– Elle se réjouit trop vite.	→	*Elle s'est réjouie trop vite.*

Page 52

Exercice 14.

Devant consonne	/dɛ/	/ʀŒ/
2. serrer	*desserrer*	*resserrer*
3. servir	*desservir*	*resservir*
4. monter	*démonter*	*remonter*
5. teindre	*déteindre*	*reteindre*
6. chausser	*déchausser*	*rechausser*

Devant voyelle	/dɛz/	/ʀɛ/
2. organiser	*désorganiser*	*réorganiser*
3. intégrer	*désintégrer*	*réintégrer*
4. armer	*désarmer*	*réarmer*
5. incarner	*désincarner*	*réincarner*
6. infecter	*désinfecter*	*réinfecter*

Page 54

Exercice 20.

– nez à nez
– dos à dos
– pied à pied
– corps à corps
– œil pour œil
– côte à côte

– des pieds à la tête
– un pied de nez
– un tête-à-queue
– la bouche en cœur

Syllabe ouverte		Syllabe fermée	
[e]	[ɛ]	[e]	[ɛ]
été	lait	....	beige
nez	complet	....	même
chez	frais	....	correct
fée	prêt	....	complexe
clé	il marchait	....	plaire
marcher	il irait	....	règne
marché	succès	....	faire
marchez	jersey	....	flemme
les	poulet	....	ils viennent
vallée	valet	....	belle
cahier	....	....	....

céder	*cède*	*cédez*	*cédons*
espérer	*espère*	*espérez*	*espérons*
sécher	*sèche*	*séchez*	*séchons*
régler	*règle*	*réglez*	*réglons*
révéler	*révèle*	*révélez*	*révélons*
démêler	*démêle*	*démêlez*	*démêlons*
prêter	*prête*	*prêtez*	*prêtons*

A. En « -aire » → [ɛ:ʀ]

- majorité → *majoritaire*   – université → *universitaire*
- immunité → *immunitaire*   – velléité → *velléitaire*
- communauté → *communautaire* – forfait → *forfaitaire*

B. En « -aine » → [ɛn]

- cent → *centaine*   – hautain → *hautaine*
- dix → *dizaine*   – marocain → *marocaine*
- douze → *douzaine*   – italien → *italienne*
- vingt → *vingtaine*   – chien → *chienne*
- trente → *trentaine*   – comédien → *comédienne*

Page 59

Exercice 33.

– Le premier fils du fermier est infirmier-ambulancier.

→ *La première fille de la fermière est infirmière-ambulancière.*

– Cuisinier gaucher cherche ouvrier droitier.

→ *Cuisinière gauchère cherche ouvrière droitière.*

– C'est la dernière héritière d'une lignée de couturières.

→ *C'est le dernier héritier d'une lignée de couturiers.*

– Roturière dépensière cherche héritier ou rentier.

→ *Roturier dépensier cherche héritière ou rentière.*

– Un prisonnier rancunier partage sa cellule avec un usurier.

→ *Une prisonnière rancunière partage sa cellule avec une usurière.*

Page 59

Exercice 34.

A. En « -ée » → [e]

– cuiller	→ *cuillerée*	– pince	→ *pincée*
– gorge	→ *gorgée*	– maison	→ *maisonnée*
– soir	→ *soirée*	– matin	→ *matinée*

B. En « -ité » → [ite]

– facile	→ *facilité*	– extrême	→ *extrêmité*
– immobile	→ *immobilité*	– fragile	→ *fragilité*
– général	→ *généralité*	– humide	→ *humidité*

Page 60

Exercice 35.

livre	*livret*
garçon	*garçonnet*
rue	*ruelle*
tour	*tourelle*
prune	*prunelle*
malle	*malette*

planche	*planchette*
cloche	*clochette*
fille	*fillette*
maison	*maisonnette*
pièce	*piécette*

Page 62

Exercice 37.

Syllabe ouverte		Syllabe fermée	
[o]	[ɔ]	[o]	[ɔ]
travaux	....	diplôme	corps
cacao	....	gauche	parole
chaud	....	drôle	gorge
repos	....	dose	album
oiseau	....	autre	propre
radio	....	fantôme	époque
trop	....	sauf	choc
impôt	....	chaude	sotte
mot	....	pose	proche
pot	....	chose	maximum

Page 62
Exercice 38.

[o]	[ɔ]
haute	hotte
paume	pomme
Paule	Paul
khôl	colle
saute	sotte

[o]	[ɔ]
saule	sol
vôtre	votre
nôtre	notre
rauque	roc
l'atome	la tomme

Page 64
Exercice 42.

– un animal anormal → *des animaux anormaux*
– un hôpital régional → *des hôpitaux régionaux*
– un vitrail original → *des vitraux originaux*
– un signal musical → *des signaux musicaux*
– un bail illégal → *des baux illégaux*

Page 64
Exercice 44.

– vieillot → *vieillotte*   – un tricot → *il tricote*
– pâlot → *pâlotte*   – un sanglot → *il sanglote*
– idiot → *idiote*   – le bachot → *il bachote*
– rigolo → *rigolote*   – le flot → *il flotte*

Page 66
Exercice 48.

Syllabe ouverte		Syllabe fermée	
[ø]	[œ]	[ø]	[œ]
queue	....	heureuse	meuble
heureux	....	envieuse	seul
des yeux	....	peureuse	œil
peu	....	....	œuf
vœu	....	....	orgueil
mieux	....	....	veuf
ceux	....	....	sœur
des œufs	....	....	cœur

13

Page 67

Exercice 50.

1. « Vous avez l'heure ? » → *Je n'ai pas l'heure.*
2. « Tu viens de bonne heure ? » → *De très bonne heure.*
3. « Elle est à l'heure ! » → *À la bonne heure !*
4. « Je vous paye à l'heure ? » → *Oui, mais combien l'heure ?*
5. « Tu as vu l'heure ? » → *C'est déjà l'heure ?*
6. « Elle est à l'heure ? » → *Elle n'a pas d'heure !*

Page 68

Exercice 54.

A.

joyeux →	*joyeuse* →	*joyeusement*
curieux →	*curieuse* →	*curieusement*
sérieux →	*sérieuse* →	*sérieusement*
amoureux →	*amoureuse* →	*amoureusement*
mystérieux →	*mystérieuse* →	*mystérieusement*
rêveur →	*rêveuse* →	*rêveusement*

B.

honte →	*honteux*	orage →	*orageux*
nombre →	*nombreux*	désastre →	*désastreux*
fièvre →	*fièvreux*	envie →	*envieux*
nuage →	*nuageux*	merveille →	*merveilleux*

C.

une enquêteuse sérieuse → *un enquêteur sérieux*
un danseur fabuleux → *une danseuse fabuleuse*
une voleuse astucieuse → *un voleur astucieux*
un temps venteux, pluvieux et neigeux
→ une journée *venteuse, pluvieuse et neigeuse*

CHAPITRE 5 : /A/

Page 74

Exercice 7.

- « -able » → [abl]

admirer →	*admirable*	discuter →	*discutable*
manger →	*mangeable*	laver →	*lavable*
adorer →	*adorable*	accepter →	*acceptable*

- « -age » → [aɪʒ]

garer →	*garage*	laver →	*lavage*
passer →	*passage*	hériter →	*héritage*
entourer →	*entourage*	barrer →	*barrage*

- « -âtre » → [aɪtR]

douce →	*douceâtre*	jaune →	*jaunâtre*
rouge →	*rougeâtre*	grise →	*grisâtre*
rose →	*rosâtre*	bleu →	*bleuâtre*

CHAPITRE 6 : [ɑ̃] - [ɔ̃] - /ɛ̃/

1. Martin / Martine	☒	Martine / Martin	☐
2. cousin / cousine	☐	cousine / cousin	☒
3. comédien / comédienne	☒	comédienne / comédien	☐
4. les miens / les miennes	☒	les miennes / les miens	☐
5. champion / championne	☐	championne / champion	☒
6. Simon / Simone	☒	Simone / Simon	☐
7. chacun / chacune	☐	chacune / chacun	☒
8. un / une	☒	une / un	☐

	[ɑ̃]	[ɔ̃]	[ɛ̃]
Languedoc			*Languedocien*
Poitou			*Poitevin*
Berry		*Berrichon*	
Anjou			*Anjevin*
Normandie	*Normand*		
Alsace			*Alsacien*
Bourgogne		*Bourguignon*	
Occitanie	*Occitan*		
Gascogne		*Gascon*	

1	ton	teint	temps	2 - 3 - 1
2	banc	bon	bain	1 - 2 - 3
3	dont	dans	daim	2 - 1 - 3
4	gond	gant	gain	2 - 1 - 3
5	faim	faon	fond	3 - 1 - 2
6	cent	sain	son	1 - 3 - 2
7	juin	jonc	gens	3 - 2 - 1
8	ment	main	mon	1 - 3 - 2
9	lin	long	lent	3 - 2 - 1
10	rond	rang	rein	2 - 1 - 3

1. **Sens**-moi ç**a** !
2. Où v**a** le v**ent** ?
3. Ce r**at** me r**end** fou !
4. Il est gr**as** et gr**and** !
5. Jusqu'**à** qu**and** ?
6. Le ch**at** est dans le ch**amp**.

Page 81

Exercice 6.

rame – <u>rend</u> – gramme – <u>grand</u> – <u>flanc</u> – flâne – blâme – <u>blanc</u> – blanche – <u>pan</u> – panne – <u>paon</u> – Jeanne – <u>Jean</u>.

Page 81

Exercice 7.

	1	2
dame / dent	......	X
femme / faon	......	X
gramme / grand	X	......
gitan / gitane	X	......
vanne / van	......	X
canne / camp	......	X

Page 81

Exercice 9.

1. « Tu l'attends tout le temps ? → *Oui, tout le temps.* »
2. « Tu y vas rarement ? → *Oui, rarement.* »
3. « Vous l'entendez souvent sur les ondes ? → *Oui, souvent.* »
4. « Vous la voyez fréquemment ? → *Oui, fréquemment.* »
5. « Tu le croises de temps en temps ? → *Oui, de temps en temps.* »

Page 82

Exercice 10.

2. « Il vient souvent ? → *Pas souvent, souvent.* »
3. « Il est méchant ? → *Pas méchant, méchant.* »
4. « Tu le trouves amusant ? → *Pas tellement amusant.* »
5. « C'est très fréquent ? → *Pas vraiment fréquent.* »

Page 82

Exercice 11.

1. Comment t'y prends-tu ? → *Tu t'y prends comment ?*
2. Comment le comprends-tu ? → *Tu le comprends comment ?*
3. Comment le ressent-elle ? → *Elle le ressent comment ?*
4. Comment y va-t-on ? → *On y va comment ?*

Page 82

Exercice 12.

– En mars ou en avril ?

– En un jour ou en deux ?

– En partant ou en arrivant ?

– Tu en as assez ou tu en veux encore ?

– En avion ou en train ?

– En Europe ou en Amérique ?

– En argent, en or ou en bronze ?

Page 83

Exercice 15.

lancer → *en lançant*
comprendre → *en comprenant*
dormir → *en dormant*
parler → *en parlant*

écouter → *en écoutant*
apprendre → *en apprenant*
entrer → *en entrant*
entendre → *en entendant*

Page 83

Exercice 16.

prudent	*prudence*	*prudemment*
fréquent	*fréquence*	*fréquemment*
intelligent	*intelligence*	*intelligemment*
constant	*constance*	*constamment*
nonchalant	*nonchalance*	*nonchalamment*
abondant	*abondance*	*abondamment*

Page 85

Exercice 18.

1. Où est s**on** s**eau** ?
2. C'est b**eau** et b**on** ?
3. Ils f**ont** un f**aux**.
4. Où v**ont** les v**eaux** ?
5. Est-ce un cord**eau** ou un cord**on** ?
6. Roul**ons** le roul**eau**.
7. C'est rigol**o**, rigol**ons** !
8. C'est un tr**onc** trop gros !

Page 85

Exercice 19.

		1	2
tonne / ton	1.	……	X
bon / bonne	2.	X	……
donne / don	3.	……	X
rançonne / rançon	4.	……	X
gond / gomme	5.	X	……
son / sonne	6.	X	……

Page 85

Exercice 20.

2. « Alors vous partez ? → Oui, oui, nous partons. »
3. « Alors vous sortez ? → Mais, oui, nous sortons. »
4. « Alors vous suivez ? → Oui, oui, nous suivons. »
5. « Alors vous y allez ? → Oui, oui, nous y allons. »

Page 89

Exercice 28.

Masculin		Féminin	
moyen	☒	moyenne	☐
certain	☒	certaine	☐
lycéen	☐	lycéenne	☒
plein	☒	pleine	☐

Page 89
Exercice 28.
(suite)

	Masculin			Féminin	
– C'est un élève.	☐		– C'est une élève.	☒
– C'est un instable.	☒		– C'est une instable.	☐
– aucun artiste	☒		– aucune artiste	☐
– Prends-en un.	☐		– Prends-en une.	☒
– un à chacun	☒		– une à chacune	☐
– des ours bruns	☒		– des ourses brunes	☐
– des amis communs	☐		– des amies communes	☒

Page 89
Exercice 29.

	Singulier			Pluriel	
– il tient	☒		– ils tiennent	☐
– il contient	☒		– ils contiennent	☐
– il craint	☐		– ils craignent	☒
– il peint	☒		– ils peignent	☐

Page 91
Exercice 34.

		Singulier	Pluriel
●	déteindre	*il déteint*	*ils déteignent*
	craindre	*il craint*	*ils craignent*
	éteindre	*il éteint*	*ils éteignent*
	contraindre	*il contraint*	*ils contraignent*
	restreindre	*il restreint*	*ils restreignent*
●	retenir	*il retient*	*ils retiennent*
	survenir	*il survient*	*ils surviennent*
	obtenir	*il obtient*	*ils obtiennent*
	convenir	*il convient*	*ils conviennent*
	détenir	*il détient*	*ils détiennent*

Page 91
Exercice 36.

buvable	→	*imbuvable*	efficace	→	*inefficace*
stable	→	*instable*	humain	→	*inhumain*
suffisant	→	*insuffisant*	utile	→	*inutile*
prévisible	→	*imprévisible*	mobile	→	*immobile*
correct	→	*incorrect*	mature	→	*immature*

Page 94
Exercice 43.

– Qu'est-ce qu'on en attend ?	→	*Qu'en attend-on ?*
– Qu'est-ce qu'on en apprend ?	→	*Qu'en apprend-on ?*
– Quand est-ce qu'on rentre ?	→	*Quand rentre-t-on ?*
– Quand est-ce qu'on danse ?	→	*Quand danse-t-on ?*
– Comment est-ce qu'on le plante ?	→	*Comment le plante-t-on ?*
– Comment est-ce qu'on s'y rend ?	→	*Comment s'y rend-on ?*

Page 95

Exercice 45.

Dictée de chiffres.

cinquante – cent onze – quatre-vingt quinze – quarante-et-un – deux cent cinq – cinq cent soixante-quinze – cent cinquante-cinq – cinq cent cinquante-cinq – onze cent quinze – onze mille cinq cent trente.

3ᵉ PARTIE : LIAISONS ET ENCHAÎNEMENTS

CHAPITRE 9 : Liaisons et enchaînements

Page 104

Exercice 1.

Pour faire le portrait d'un oiseau

Peindre d'abord une cage
avec une porte ouverte
peindre ensuite
quelque chose de joli
quelque chose de simple
quelque chose de beau
quelque chose d'utile
pour l'oiseau
Placer ensuite la toile contre un arbre
dans un jardin
dans un bois
ou dans une forêt
se cacher derrière l'arbre
sans rien dire
sans bouger...
Parfois l'oiseau arrive vite
mais il peut aussi bien mettre de longues années
avant de se décider
Ne pas se décourager
attendre
attendre s'il le faut pendant des années
la vitesse ou la lenteur de l'arrivée de l'oiseau
n'ayant aucun rapport
avec la réussite du tableau
Quand l'oiseau arrive

s'il arrive

observer le plus profond silence

attendre que l'oiseau entre dans la cage

et quand il est entré

fermer doucement la porte avec le pinceau

puis

effacer un à un tous les barreaux

en ayant soin de ne toucher aucune des plumes de l'oiseau

Faire ensuite le portrait de l'arbre

en choisissant la plus belle de ses branches

pour l'oiseau

peindre aussi le vert feuillage et la fraîcheur du vent

la poussière du soleil

et le bruit des bêtes de l'herbe dans la chaleur de l'été

et puis attendre que l'oiseau se décide à chanter

Si l'oiseau ne chante pas

c'est mauvais signe

signe que le tableau est mauvais

mais s'il chante c'est bon signe

signe que vous pouvez signer

Alors vous arrachez tout doucement

une des plumes de l'oiseau

et vous écrivez votre nom dans un coin du tableau.

Jacques PRÉVERT, in *Paroles*, Éd. Gallimard.

CHAPITRE 10 : « e » instable ou caduc

Page 114

Exercice 1.

« e » muet	« e » prononcé
équip∅ment	appartement
commenc∅ment	tremblement
rapid∅ment	brusquement
heureus∅ment	exactement
général∅ment	autrement
rar∅ment	librement
prochain∅ment	injustement
sam∅di	mercredi

Page 115
Exercice 3.

« Allô ?... Ah, c'est toi ?.... Non, tu ne me déranges pas... non, non, je t'assure... Je te dis que non... oui, je pars demain... non, pas samedi, demain... Quand je reviens ? Ah, ça, je ne sais pas... cette semaine, ou la semaine prochaine, je ne sais pas... non vraiment, je ne peux pas te le dire maintenant... oui, je te le dirai... Ce sera peut-être possible, je vais voir... Mais oui, je te téléphonerai... oui, dès que j'arriverai... Tu viendras me chercher ?... Bon, d'accord... Mais si, je veux bien... Je te dis que je ne sais pas encore... Écoute, on se rappelle... C'est ça... Oui, oui, je t'embrasse... Au revoir. »

Page 117
Exercice 9.

me/te/se/le :
– Ça se passe bien, ça se déroule normalement.
– Ça le perturbe, ça le fatigue.
– Ça te plaira, ça te fera rire.
– On se met où ? On se met là ?
– On le voit quand ? On le voit maintenant ?
– Tu me rappelles quand ? Tu me rappelles demain ?
– On te retrouve où ? On te retrouve dans la salle ?

je :
– Je peux sortir ? Je dois aller téléphoner.
– Je peux commencer ? Je suis pressée.
– Je peux répondre demain ? Je préfère réfléchir.

ne :
– Tu ne peux pas comprendre, tu ne sais pas tout.
– On ne vit pas ici, on ne pourrait pas.
– On ne prend pas de café, on ne dormirait pas.

de :
– Zut ! il n'y a plus de place !
– Tiens ! ça ne fait plus de bruit !
– Pfff ! j'ai trop de travail !
– Oh là là ! il y a trop de monde !

le/ce :
– Coupe-moi le pain.
– Donne-moi ce couteau.
– Apporte-nous le plat.
– Va nous chercher le fromage.

que :
– On dit que c'est fini, on dit que tu vas partir, on dit que tu quittes tout.
– Je sens que ça l'énerve, je sens que ça l'agace, je sens que ça va mal se passer.

21

Page 118

Exercice 10.

je ne / ce que :

Allô… oui… non… Je ne crois pas… Je ne peux pas… Eh non, je ne peux pas malheureusement… Vous savez ce que c'est… Je ne fais pas ce que je veux… Non, on ne fait pas toujours ce qu'on veut… Non, je vous assure… Je ne peux vraiment pas… Désolée, au revoir.

ne me / ne te / ne le / ne se :

– Tu ne me dis rien, tu ne me poses pas de questions, tu ne me dis rien.

– On ne se connaît pas bien, on ne se rencontre que rarement.

– On ne te dira rien, on ne te révèlera rien.

ce que :

– Mmmm, ce que ça sent bon !

– Ohhh ! ce que j'ai sommeil !

– Mmm ! ce que j'ai bien dormi !

– Ah ! ce que nous avons de la chance !

Page 119

Exercice 11.

A. 1. « Qu'est-ce que tu vas dire ? *(5 syllabes)*
→ Je sais très bien ce que je vais dire. » *(7 syllabes)*

2. « Tu sais ce que tu vas demander ? *(8 syllabes)*
→ Bien sûr, je sais ce que je vais demander. » *(8 syllabes)*

3. « Qu'est-ce que vous allez faire ? *(6 syllabes)*
→ Je ne sais pas ce que je dois faire. » *(6 syllabes)*

4. « C'est ce que vous pensez ? *(5 syllabes)*
→ Oui, c'est ce que je pense. » *(4 syllabes)*

5. « C'est ce que tu veux ? *(4 syllabes)*
→ Oui, c'est ce que je veux. » *(4 syllabes)*

6. « C'est ce que tu m'as dit ? *(5 syllabes)*
→ Oui, c'est ce que je t'ai dit. » *(5 syllabes)*

B. – Oh là là ! ce que ce truc m'énerve !

– Oh là là ! ce que ce travail m'embête !

– C'est fou ce que ce bruit est fort !

– C'est fou ce que le temps passe vite !

Page 120

Exercice 12.

Dictée.

Si on peut le faire, on le fera.

On doit le revoir et le remercier.

Si ça se complique, je vous le ferai savoir.

On ne peut pas se revoir, je dois repartir demain.

Si ça ne peut pas se faire, on en reparlera.

On se promène tout le temps, on n'a que ça à faire.

Qu'est-ce qui se passe ? Je ne sais pas ce qui se passe.
Je ne peux pas te le dire. Je ne veux pas que ça se sache.
Ne fais pas ce que je fais, mais fais ce que je te dis.

4ᵉ PARTIE : CONSONNES

CHAPITRE 11 : [p] - [b]

Page 126
Exercice 1.

« **P**auline **B**ertin.   – Présente ! »
« **B**arbara **P**age.   – Présente ! »
« **B**rigitte **P**aturel.   – Présente ! »
« **P**atrice **P**etit.   – Présent ! »
« **P**ierre **B**oulin.   – Présent ! »
« **B**runo **B**erger.   – Présent ! »
« **B**asile **P**ichon.   – Absent ! »

Page 127
Exercice 2.

un bon pain / un bon bain / un bon bain ➔ 1-3. une petite bière / une petite bière / une petite pierre ➔ 1-2. Berce-le / Perce-le / Perce-le ➔ 2-3. Il est à Paris. / Il est à Bari. / Il est à Paris. ➔ 1-3. un magasin de boisson / un magasin de poisson / un magasin de poisson ➔ 2-3. Quelle belle brune ! / Quelle belle brune ! / Quelle belle prune ! ➔ 1-2. Il va au palais. / Il va au ballet. / Il va au palais. ➔ 1-3. Je prends du bois. / Je prends du poids. / Je prends du poids. ➔ 2-3.

Page 127
Exercice 3.

1. un pain bis	*p - b*		5. un peu pâle	*p - p*
2. un bon pain	*b - p*		6. un bouillon de poule	*b - p*
3. un pont en pierre	*p - p*		7. une peur bleue	*p - b*
4. un beau Breton	*b - b*		8. un bout de bois	*b - b*

CHAPITRE 12 : [t] - [d]

Page 133
Exercice 2.

1. don-thon	≠	4. trou-trou	=	7. vide-vite	≠	10. mode-motte	≠
2. tort-dort	≠	5. temps-dans	≠	8. vite-vite	=	11. ride-rite	≠
3. tout-doux	≠	6. tard-tard	=	9. amande-amante	≠	12. ride-ride	=

1. tes dettes	*t - d*		6. tes dons	*t - d*
2. des têtes	*d - t*		7. des thons	*d - t*
3. des dettes	*d - d*		8. des doigts	*d - d*
4. trop tôt	*t - t*		9. tes droits	*t - d*
5. trop d'eau	*t - d*		10. des toits	*d - t*

A.

Masculin		Féminin	Masculin		Féminin
chaud	→	*chaude*	intelligent	→	*intelligente*
froid	→	*froide*	complet	→	*complète*
grand	→	*grande*	idiot	→	*idiote*
pataud	→	*pataude*	ingrat	→	*ingrate*
rond	→	*ronde*	immédiat	→	*immédiate*

B.

Singulier		Pluriel
Il descend.	→	*Ils descendent.*
Il sort.	→	*Ils sortent.*
Il perd.	→	*Ils perdent.*
Il ment.	→	*Ils mentent.*
Elle répond.	→	*Elles répondent.*
Elle sent bon.	→	*Elles sentent bon.*
Elle confond.	→	*Elles confondent.*
Elle se met là.	→	*Elles se mettent là.*
Elle se défend.	→	*Elles se défendent.*
Elle se remet.	→	*Elles se remettent.*

C.

Verbe		Nom	Nom		Verbe
feindre	→	*la feinte*	la fonte	→	*fondre*
plaindre	→	*la plainte*	la teinte	→	*teindre*
contraindre	→	*la contrainte*	la descente	→	*descendre*
attendre	→	*l'attente*	la détente	→	*détendre*
vendre	→	*la vente*	la perte	→	*perdre*
tondre	→	*la tonte*	la ponte	→	*pondre*

CHAPITRE 13 : [k] - [g]

– méchant ̲comme la ̲g̲ale

– joli ̲comme un ̲cœur

– mai̲g̲re ̲comme un ̲clou

– or̲g̲ueilleux ̲comme un paon

– ̲g̲ras ̲comme une ̲caille

– saoul ̲comme une ̲g̲rive

– rapide ̲comme l'é̲clair

– frais ̲comme un ̲g̲ardon

24

[k] - [k]	[g] - [g]
5. cocotte	7. gargotte
6. carcasse	8. gargouille
9. conquête	10. gang
13. quiconque	11. glouglou
14. kaki	12. grégaire
15. klaxon	16. grigri
17. kif-kif	18. goutte à goutte
19. coûte que coûte	20. gong

Page 142

Exercice 3.

1. C'est un drôle de cas.	☒	C'est un drôle de gars.	☐
2. Quels écarts !	☐	Quels égards !	☒
3. C'est un problème de coût.	☐	C'est un problème de goût.	☒
4. Il faut l'acquérir.	☒	Il faut l'aguerrir.	☐
5. Il est à créer.	☐	Il est agréé.	☒
6. Je vais à Caen.	☐	Je vais à Gand.	☒
7. Il la cassait.	☐	Il l'agaçait.	☒
8. Ne l'écoute pas.	☒	Ne l'égoutte pas.	☐

CHAPITRE 14 : [m] - [n] - [ɲ]

Page 152

Exercice 5.

– Un enseignant ou un étudiant ?

– En automne ou en hiver ?

– En Allemagne ou en Italie ?

– En entrant ou en sortant ?

– En or ou en argent ?

– En avant ou en arrière ?

– En un an ou en un jour ?

– On a le temps ou on est pressé ?

– Rien à répondre ? rien à rajouter ?

– Aucun incident ? aucun appel téléphonique ?

– Le sujet est bien expliqué ? Il est bien amené ?

CHAPITRE 15 : [f] - [v]

Page 156

Exercice 2.

1. naïf	☒	naïve	☐
2. neuf	☐	neuve	☒
3. bref	☒	brève	☐
4. actif	☒	active	☐
5. veuf	☐	veuve	☒
6. positif	☒	positive	☐
7. attentif	☒	attentive	☐
8. pensif	☐	pensive	☒

Page 156

Exercice 3.

1. C'est vrai.	☐	C'est frais.	☒
2. C'est son vice.	☒	C'est son fils.	☐
3. Faites un vœu.	☒	Faites un feu.	☐
4. Vous arrivez en vain.	☐	Vous arrivez enfin.	☒
5. J'ai perdu la voix.	☐	J'ai perdu la foi.	☒
6. Il a vendu un veau.	☒	Il a vendu un faux.	☐

Page 157

Exercice 6.

B.

elle écrit	→	*elles écrivent*	elle s'inscrit →	*elles s'inscrivent*
il vit	→	*ils vivent*	elle décrit →	*elles décrivent*
il suit	→	*ils suivent*	il poursuit →	*ils poursuivent*

À qui écrit-elle ? → *À qui écrivent-elles ?*
Où vit-il ? → *Où vivent-ils ?*
Qui suit-il ? → *Qui suivent-ils ?*
Où s'inscrit-elle ? → *Où s'inscrivent-elles ?*
Que décrit-elle ? → *Que décrivent-elles ?*
Quel but poursuit-il ? → *Quel but poursuivent-ils ?*

CHAPITRE 16 : [b] - [v]

Page 162

Exercice 2.

1. vin - vin - vin - **bain**	4
2. **ravin** - rabbin - rabbin - rabbin	1
3. bat - **va** - bat - bat	2
4. gravats - **grabat** - gravats - gravats	2
5. vu - vu - vu - **bu**	4
6. j'ai bu - j'ai bu - **j'ai vu** - j'ai bu	3
7. les bâches - **les vaches** - les bâches - les bâches	2
8. **avis** - habit - habit - habit	1

Page 162

Exercice 3.

1. Quelle belle vache !	☒	Quelle belle bâche !	☐
2. Je n'ai pas vu.	☐	Je n'ai pas bu.	☒
3. Ils s'en vont.	☐	Il sent bon.	☒
4. Donnez-nous votre avis.	☒	Donnez-nous votre habit.	☐
5. Je suis à vous.	☐	Je suis à bout.	☒
6. C'est un veau mâle.	☐	C'est un beau mâle.	☒
7. Le valet se prépare.	☒	Le ballet se prépare.	☐
8. Il la voit.	☒	Il aboie.	☐

Page 165

Exercice 11.

« Tu vas bien à Venise ?
➔ Oui, oui, je *vais bien à Venise.* »
« Elle vend bien son violon ?
➔ Oui, oui, elle *vend bien son violon.* »
« Vous vivez bien à Vienne ?
➔ Oui, oui, nous *vivons bien à Vienne.* »

« Vous votez bien à Versailles ?
➔ Oui, oui, je *vote bien à Versailles.* »
« Tu as bien tout vérifié ?
➔ Oui, oui, j'*ai bien tout vérifié.* »

CHAPITRE 17 : [s] - [z]

Page 167

Exercice 1.

	[s]		[z]
s	*socialisme*	**s**	*politiser*
	sénat		isoloir
	ministre		partisan
ss	ambassade		
	assemblée		
-tie	*démocratie*	**x**	coe<u>x</u>istence
	diplomatie		
-tion	révolution		
	élection		
	notion		
c	politicien		
	citoyen		
	centre		
	coexisten<u>c</u>e		
ç	franc-maçon		
x	exécutif		
	extrême gauche/droite		

Page 168

Exercice 2.

1. ils‿avancent
2. ils‿imaginent
3. ils **s'**informent
4. ils **s'**enferment
5. ils‿estiment
6. ils **s'**usent
7. ils‿expriment
8. ils **s'**organisent

Page 168

Exercice 3.

zèle	☒	sel	☐
zone	☒	Saône	☐
zélé	☐	scellé	☒
zona	☐	sauna	☒

cousin	☒	coussin	☐
désert	☐	dessert	☒
baiser	☒	baisser	☐
Asie	☐	assis	☒
six ans	☒	six cents	☐

douze	☐	douce	☒
vise	☒	vice	☐
base	☐	basse	☒
ose	☐	hausse	☒
ruse	☒	Russe	☐

Page 170

Exercice 5.

A. Polonais et Polonaises, Libanais et Libanaises, Albanais et Albanaises, Chinois et Chinoises, Danois et Danoises, Hongrois et Hongroises venez nombreux et nombreuses !

B.
– Où atterrit-il ? *Où atterrissent-ils ?*
– Me reconnaît-elle ? *Me reconnaissent-elles ?*
– Réussit-elle ? *Réussissent-elles ?*
– Pourquoi ne grandit-il pas ? *Pourquoi ne grandissent-ils pas ?*

– Se plaît-elle ici ? *Se plaisent-elles ici ?*
– Où me conduit-elle ? *Où me conduisent-elles ?*
– Pourquoi se tait-il ? *Pourquoi se taisent-ils ?*
– Que construit-il ? *Que construisent-ils ?*

Page 175

Exercice 17.

Soit six ogres de ma famille. Chacun des six a six enfants : six filles ou six garçons. Lorsque ces six ogres se réunissent, ils sont six s'ils sont seuls, mais si tous – je veux dire chaque ogre – si tous les ogres amènent leurs six enfants, c'est-à-dire s'ils sont tous là, les six ogres et tous leurs enfants, ils sont en tout six plus trente-six.

Et si en plus de chacun de ces six ogres amène son ogresse, ils sont six plus six plus trente-six, autrement dit de plus en plus nombreux. Voilà pourquoi ne n'invite plus les ogres de ma famille à venir en famille tous ensemble !

CHAPITRE 18 : $[\int]$ - $[3]$

Page 178

Exercice 2.

1. champ - champ - **Jean** - champ → *c*
2. âgé - âgé - âgé - **haché** → *d*
3. manche - manche - **mange** - manche → *c*
4. **cache** - cage - cage - cage → *a*
5. boucher - **bouger** - boucher - boucher → *b*
6. joie - joie - **choix** - joie → *c*

Page 178

Exercice 3.

1. Voilà une belle chatte !   ☒   Voilà une belle jatte !   ☐
2. Pas de chou rouge !   ☐   Pas de joues rouges !   ☒
3. Attention à la marche !   ☒   Attention à la marge !   ☐
4. Mettez-les dans le cachot !   ☐   Mettez-les dans le cageot !   ☒

Page 179

Exercice 6.

coquille	→	*coquillage*	hériter	→	*héritage*
grille	→	*grillage*	gaspiller	→	*gaspillage*
feuille	→	*feuillage*	piller	→	*pillage*
outil	→	*outillage*	saboter*	→	*sabotage*
décoller	→	*décollage*	accrocher	→	*accrochage*

(*) Erratum : dans le livre de l'élève, lire *saboter* et non *atterrir*.

CHAPITRE 19 : $[\int]$ - $[s]$ - $[z]$ - $[3]$

Page 184

Exercice 1.

		=	≠			=	≠
1.	fossé-fossé		......	6.		......	chant-sang
2.		......	fauché-fossé	7.	sot-sot		......
3.		......	haché-assez	8.		......	sec-chèque
4.	brosser-brosser		......	9.		......	dépêche-dépèce
5.	caché-caché		......	10.	choc-choc		......

Page 184
Exercice 2.

	[ʃ] - [s]	[s] - [ʃ]			[ʃ] - [s]	[s] - [ʃ]
1.	chaussure	……		5.	chanson	……
2.	chasseur	……		6.	……	sachet
3.	……	séchoir		7.	chasse	……
4.	……	six chats		8.	……	souche

Page 185
Exercice 3.

1. gaz - gaz - gage	*1-2*	4. zeste - geste - zeste *1-3*
2. zen - gène - gène	*2-3*	5. léger - lésé - lésé *2-3*
3. zèle - zèle - gel	*1-2*	6. dégagé - dégazé - dégagé *1-3*

Page 186
Exercice 6.

Réussis ! *Réussissons ! Réussissez !*

Réfléchis ! *Réfléchissons ! Réfléchissez !*

Blanchis ! *Blanchissons ! Blanchissez !*

Enrichis-toi ! *Enrichissons-nous ! Enrichissez-vous !*

Rafraîchis-toi ! *Rafraîchissons-nous ! Rafraîchissez-vous !*

Ressaisis-toi ! *Ressaisissons-nous ! Ressaisissez-vous !*

CHAPITRE 20 : [l] - [ʀ]

Exercice 1.

	[ʀ]	[l]
En finale	*la mer* un phare un port un navire	*une voile* une île le littoral un atoll
À l'initiale	ramer une rade	la lame le littoral
Intervocalique	un marin la marée un pirate un ouragan	un rouleau une falaise le roulis les galets
[l] ou [ʀ] + consonne	une tornade à l'abordage	un golfe les algues
Consonne + [l] ou [ʀ]	une crique les embruns	*les flots* le clapot une plage

Page 192
Exercice 2.

Prends ce plan.
Le car cale.
On pâlit à Paris.
L'eau coule dans la cour.
Il rêve qu'il se lève.

Accroche la cloche.
une branche blanche
la loi du roi
ma seule sœur
une telle terre

Page 197
Exercice 11.

A. Il espéra toute sa vie.
B. Elle serra les dents.
C. On le pleura beaucoup.
D. On erra longtemps.
E. Il s'empara du pouvoir.

– Il espérera toute sa vie. → *1-2*
– Elle serrera les dents. → *2-1*
– On le pleurera beaucoup. → *2-1*
– On errera longtemps. → *1-2*
– Il s'emparera du pouvoir. → *2-1*

Page 199
Exercice 19.

– apporter → *rapporter*
– accrocher → *raccrocher*
– allumer → *rallumer*
– appeler → *rappeler*

– affirmer → *réaffirmer*
– apparaître → *réapparaître*
– abonner → *réabonner*
– habituer → *réhabituer*

Page 203
Exercice 27.

légitime → *illégitime*
lisible → *illisible*
limité → *illimité*
licite → *illicite*
logique → *illogique*

respirable → *irrespirable*
régulier → *irrégulier*
responsable → *irresponsable*
rationnel → *irrationnel*
résolu → *irrésolu*

Page 206
Exercice 36.

l'âne *brait*
le cerf *brâme*
le chat *miaule et ronronne*
le mouton *bêle*
l'éléphant *barrit*
le porc *grogne*
le serpent *siffle*

l'abeille *bourdonne*
le corbeau *croasse*
le lion *rugit*
le dindon *glougloute*
le pigeon *roucoule*
le hibou *hulule*

Les voyelles et les semi-voyelles du français

	[i]	mi – mille
/E/	[e]	mes – mais*
	[ε]	mais – mère
/A/	[a]	ma – malle – mâle*
	[α]	mâle
	[y]	lune – mûre
/Œ/	[ø]	il meut – me*
	[ə]	me
	[œ]	il meurt – me
/O/	[o]	mot – môle
	[ɔ]	mort – molle
	[u]	moue – moule
/Ẽ/	[ɛ̃]	main – mince – commun*
	[œ̃]	commun
	[ɑ̃]	il ment – il mange
	[ɔ̃]	mon – montre
	[j]	miette – maille
	[ɥ]	muette
	[w]	mouette

(*) Évolution de la prononciation acceptée en français standard.

Les consonnes du français

[p]	pas – appât
[b]	bas – abats
[t]	tas – état
[d]	dans – mandat
[k]	cas – encas
[g]	gars – hangar
[m]	ma – coma
[n]	na – banal
[ŋ] ou [n + j]	pagne – panier
[s]	sa – passage
[z]	zone – casaque
[f]	fa – affable
[v]	va – vanne
[ʃ]	chat – chatte
[ʒ]	jarre – orgeat
[l]	la – alarme
[ʀ]	rat – garage

Imprimé en France par I.M.E. - 25110 Baume-les-Dames
Dépôt légal n° 8926-11/1996
Collection n° 23 - Edition n° 02
15/5011/0